25 201

Ye

HYMNES
PATRIOTIQUES.

AVANT, PENDANT ET APRÈS

LA GRANDE SEMAINE DE JUILLET 1830 ;

PAR PHILARMOS,

PROFESSEUR DE LANGUES ET DE MATHÉMATIQUES.

PARIS,

CHEZ L'AUTEUR, RUE SAINT JACQUES, N° 175,

ET AU PALAIS ROYAL CHEZ LES MARCHANDS DE NOUVEAUTÉS.

SEPTEMBRE 1830.

INCANTATION TRILOGIQUE
D'APOLLON,

ou

LES PRÉVISIONS
DU DIEU DE LA LYRE ÉCLECTIQUE,

POUR LES ANNÉES 1830, 31, 32, etc.

Sur le genre classique et le genre romantique.

(Insipere in loco sapere est.)

QUELLE aurore hyperboréale,
Sortant du pôle illuminé,
Court dans sa marche triomphale,
Sur le zodiaque étonné;
Et portant les feux du tonnerre,
Dans ses inexpugnables flancs,
Va de leurs farouches tyrans,
Purger et les cieux et la terre?
O lyre, chante-nous tes sublimes douleurs,
Tous les dieux de l'Olympe en seront les vengeurs.

Par-delà ce grand météore,
Vois-tu l'oiseau de Jupiter,
Et comme en planant il dévore
Les vastes plaines de l'éther?
En ses serres, il tient un foudre
Qu'il va lancer, prompt destructeur,
Sur l'incendiaire équateur,
Si digne d'être mis en poudre.
O Véga *, redis-nous tes sublimes douleurs,
Tous les dieux de l'Olympe en seront les vengeurs.

* La plus belle des étoiles de la Lyre astrale

Le ciel le veut. Prends pour exemple,
Le généreux Missolonghi ;
Dans l'Olympe enchanteur, contemple
Son dévoûment pur, inoui.
Rien d'aussi beau que ce modèle !
Qu'il soit ton vrai palladium !
Celui qui défit Ilium
Acquit moins de gloire immortelle.
O cygne dircéen, redis-nous tes splendeurs,
Tous les dieux de l'Olympe en sont les protecteurs.

Mais que vois-je ? quel grand spectacle
S'ouvre à mes regards étonnés !
O terre, écoute en cet oracle,
Tes destins prédéterminés.
Qui peut en arrêter la course ?
Par d'étranges renversemens,
Tout va s'accomplir en son temps,
Depuis le midi jusqu'à l'ourse.
C'est ainsi qu'Apollon splendide au haut des airs,
A la terre a parlé dans ses divins concerts.

L'Erèbe ouvrant ses cataractes,
Doit verser un déluge d'eaux....
Les justes et leurs lois intactes
Surnageront seuls sur les flots.
La terre en sera submergée
Encore une seconde fois ;
Et la tyrannie aux abois,
Tombera de son apogée.
Arche de l'équité, sauve nous du chaos,
Et que les tyrans seuls périssent dans les flots.

Ivre de célestes vengeances,
Une comète à l'œil brûlant,
Pousse déja sur nos balances,
Son char de feux étincelant.
Tout en vaporisant les ondes,
Qu'attire un sacrilège mont,
Ses flammes y consumeront
Les noirs Sysiphes des deux mondes.
Arche de l'équité, des bons sois le salut,
Mais dans les feux vengeurs lance ton vil rebut.

Tandis qu'usant d'armes perfides,
Un fol essaim d'Amphyctions,
Fatal hydre à cent têtes vides,
Se repaît de séductions;
Et qu'étrangers à nos mystères,
On voit tant d'ignobles Pâris,
Sur des lyres de Sybaris,
Chanter leurs gloires adultères,
Muses, entendez-vous ces effroyables cris,
Des antres du Tartare et du Léthé partis?

Entendez-vous l'énorme enclume
Résonner sous de lourds marteaux?
D'un foudre infernal qu'elle allume,
Hécate forge les carreaux.
Nouvel Etna, tout son empire
N'est plus qu'un immense arsenal,
D'où va bientôt le dieu du mal
Fondre sur tout ce qui respire.
L'horrible infernalisme est à l'ordre du jour,
Et le hideux chaos va régner à son tour.

Ecoutez ces cris lamentables,
De femmes, d'enfans, de vieillards,
Avec leurs prêtres vénérables,
Hachés, brûlés de toutes parts.
Et l'on ose avec indulgence,
Contemplant ces forfaits divers,
Transiger avec les Enfers,
Quand l'Olympe a crié vengeance !...
O de l'humanité, dieux, soyez le salut ;
Mais dans les feux vengeurs plongez son vil rebut !

Trop digne du saut de Leucade,
Monstre vomi du fond des mers,
Traître, à ta marche rétrograde,
Je reconnais l'esprit pervers ;
. Mais du foudre crains les prémices,
Ou cesse, allant à reculons,
D'influencer nos Amphyons,
Que tu veux rendre tes complices.
Arche de l'équité, des bons sois le salut ;
Mais dans les feux vengeurs lance ton vil rebut.

Et vous superbes Géosophes,
Vous de Xirphé si chauds amans,
Parmi vos fleurs, vos belles strophes,
Et vos plus doux enchantemens,
Ecoutez d'un altier éphore
Mugir l'insolente clameur :
Vils serfs, vous dit-il, en fureur,
Tremblez.... ou mon feu vous dévore.
Quoi de preux chevaliers pleins d'ame et de valeur,
Pourraient laisser ainsi fouler aux pieds l'honneur !

Non, dit l'honneur, prenons les armes
De Jupiter, nous ses enfans!
Courons au tropique en alarmes,
Réprimer de nouveaux Titans.
Que tout s'émeuve, tout s'embrase,
Et que par un puissant effort,
L'aigle olympique en son essor,
Mimas *, de cent foudres t'écrase.
Altair **, redis-nous tes modernes splendeurs,
Tous les dieux de l'Olympe en sont les protecteurs.

C'en est fait, il va se dissoudre,
Ce Titan rival d'Apollon ;
Brisé par lès carreaux du foudre,
Até réclame ce Typhon;
Des enfers la terre affranchie,
Va reproduire des héros,
Qui par cent prodiges nouveaux,
Des cieux lui rendront l'harmonie ;...
Et purgé de tyrans, un nouvel univers,
A la postérité redira mes concerts.

* L'un des plus formidables Titans.

** La plus belle des étoiles de la constellation qu'on appelle l'Aigle.

AUGUR APOLLO,

Contre signé, Υπεραρχισοφος.

TRADUCTION

D'UNE

ODE DE PINDARE.

Ε)ατερ Βροντας ακαμαντοποδος.

————◆————

Toi, qui d'un bras puissant, des fiers Titans vainqueur,
    Lances au loin le tonnerre vengeur....
Ce frémissant coursier, aux pieds infatigables,
Dont les pas foudroyans, soudains, épouvantables,
Font trembler à la fois, et la terre et les cieux,
O maître de l'Olympe immense, radieux !
Tu l'as voulu, sans doute; oui, tes Heures chéries,
Oui, ces filles du ciel, de mes transports ravies,
Et dont la troupe en chœur aime à danser aux sons
Que module ma lyre en ses nobles chansons;
Oui, ce cortège, amant de la haute harmonie,
A daigné m'envoyer au sein de la patrie,
      Pour être un solennel témoin
    Des jeux sacrés dont tes mains ont pris soin
D'illustrer à jamais la superbe Olympie !
      Toutefois les mortels doués d'un noble cœur,
S'empressent d'applaudir à leur ami vainqueur;
      Et cette agréable nouvelle
Charme toujours une ame aussi grande que belle !
Mais, ô fils de Saturne ! ô maître de l'Etna !
Toi, qui foules aux pieds cette montagne énorme,
Ton autel embrasé, masse horrible, difforme,
Sous qui ta main puissante autrefois enchaîna
      La poitrine velue, informe,
      De l'épouvantable Typhon,
      Cet hydre infernal aux cent têtes,

Dont le cœur palpitant, dans son gouffre profond,
Vomit encor sur nous les feux et les tempêtes!
　　　O Jupiter, ô puissant roi des dieux,
　Qui seul, dans Olympie, ouvres de nobles traces
　　　　　Aux athlètes victorieux,
　　　Daigne agréer en actions de graces,
L'hymne que je consacre aux pieds de tes autels!!!
Digne ainsi d'honorer nos héros immortels,
Un jour, on la verra chez la race future,
Jetant l'éclat brillant d'un immortel flambeau,
Vierge pure, éclairer, d'un feu toujours nouveau,
Les rapides élans de leur vertu sublime!
Aujourd'hui, sur le char triomphal de Psaumis,
Elle chante au milieu des peuples qu'elle anime:
Contemplons ce vainqueur au sein de ses amis....
　　　Le front orné des palmes de la gloire,
　　　　　Et l'olivier de Pise en main,
Vers Camarine, il court rempli d'un feu divin,
Lui faire partager l'éclat de sa victoire.
Puisse un dieu désormais accomplir tous ses vœux,
Puisse-t-il le combler de jours brillans, heureux!
Et qui donc plus que lui, pourrait en être digne?
Qui de l'honneur a mieux suivi la haute ligne?
　　　　　Chaque jour, ne le voit-on pas,
　　　　　Au milieu de ses beaux haras,
S'appliquant à dresser, de ses mains infaillibles,
De superbes coursiers, à la course invincibles?
Mais avec quelle joie et quelle aménité,
　　　　　Il reçoit à sa table,
　　　　　L'étranger honorable
Qui réclame les droits de l'hospitalité?
　　　　　Son ame héroïque et divine,

Met son suprême bonheur
A combler d'harmonie et de paix et d'honneur,
    Sa vertueuse et chère Camarine.
Pour peindre de Psaumis les célèbres travaux,
Je n'emprunterai point les couleurs du mensonge :
Car sans la vérité, l'homme n'est qu'un vain songe.
La réalité seule a conduit mes pinceaux.
C'est par elle qu'on doit apprécier les héros....
C'est elle qui sauva le fils de Celymène,
De la dérision, de la morgue hautaine,
    Des femmes de Lemnos.
Après avoir couru dans la noble carrière,
    Chargé de ses armes d'airain,
    Et sur le point d'atteindre de la main,
    La couronne première,
Il dit en regardant sa royale adversaire :
C'est moi-même, Hypsypile! et ma seule vigueur
    Me rend ici vainqueur.
La force de mon bras égale mon courage.
    Parfois le chef blanchit
    Avant le temps prescrit.
Mais pour vos ris moqueurs et leur piquant langage...
Daignez à l'avenir vous y montrer plus sage.
Vous le voyez, on peut encore, en cheveux blancs,
Déployer l'énergie et le feu des beaux ans.

PHILARMOS,
Professeur de Langues et Mathématiques,
rue Saint-Jacques, n° 175.

A. PIHAN DELAFOREST,
IMPRIMEUR DE MONSIEUR LE DAUPHIN ET DE LA COUR DE CASSATION,
Rue des Noyers, N° 37.

PENDANT

LES

TROIS JOURS DE LA GRANDE SEMAINE.

AIR : *De la Marseillaise*.

QUELLE tempête libérale
Sortant de Paris embrâsé ,
Court, dans sa marche triomphale,
Sur le Despotisme abusé ;
Et portant les feux du tonnerre
Dans ses inexpugnables flancs,
Va des plus farouches Tyrans,
Purger et les mers [1] et la terre.
O France, redis-nous tes sublimes douleurs[2] ,...
Les Dieux [3] (*bis*) du haut Olympe en seront les vengeurs.

Vois-tu le Drapeau tricolore ,
L'Oiseau [4] du peuple souverain ;
Et comme , en planant, il dévore
Le vaste [5] azur d'un Ciel lointain ?....
En ses serres, il tient un foudre
Qu'il va lancer, prompt destructeur ,
Sur un Trône violateur
Bien digne d'être mis en poudre !
O France, redis nous tes sublimes douleurs ;
Les Dieux (*bis*) du haut Olympe en seront les vengeurs.

Le Ciel l'ordonne. Suis l'exemple
Du généreux [6] Missolonghi.
Dans l'Olympe enchanteur contemple
Son dévoûment pur, inoui !
Ou plutôt prends pour ton modèle,
Paris [7] ton vrai palladium ;
Celui qui défit Ilium
Acquit moins de gloire immortelle ;
O France, redis-nous tes sublimes douleurs, ...
Les Dieux (*bis*) du haut Olympe en seront les vengeurs.

Mais que vois-je ! Quels grands spectacles
S'offrent à mes yeux étonnés !
O [8] Louvre, écoute en sept Oracles
Tes destins prédéterminés.
Qui peut en arrêter la course ?
Par [9] d'étranges renversemens,
Tout va s'accomplir en son temps,
Depuis le Midi jusqu'à l'Ourse.
C'est qu'ainsi qu'Apollon [10], splendide au haut des airs,
Au Louvre (*bis*) a dû parler dans ses divins concerts.

Ouvrant ses trésors de colère
Paris les verse par torrens.
Et son Ouragan populaire
Fait pleuvoir cent feux dévorans.
La Cour [11] en sera submergée,
Encore une seconde fois ;
Et le Despotisme aux abois,
Va tomber de son [12] apogée.
Arche [13] de l'équité, sauve-nous du [14] chaos...
Et que (*bis*) les Tyrans seuls périssent dans [15] les flots.

Ivre de sublimes [16] vengeances,
Une [17] Comète à l'œil sanglant,
Déjà pousse entre deux [18] Balances,
Son [19] char de feux étincelant ;
Tout en électrisant [20] les Ondes
Qu'attire un sacrilége [21] Mont,
Ses [22] flammes y consumeront
Tous les [23] Sysiphes des deux mondes.
Astre [24] de notre honneur, des Francs sois le salut ;
Et que (*bis*) tes [25] feux vengeurs brûlent un vil rebut.

Tandis qu'usant d'armes [26] perfides,
Un fol essaim d'affreux [27] Tritons,
Noire [28] Hydre à cent gueules avides ,
S'engraisse de vexations;
Et qu'étrangers [29] à nos mystères,
Tant de prétendus [30] Beaux-Esprits,
Sur des lyres de [31] Sybaris,
Chantent leurs gloires [32] adultères ,
Muses , entendez-vous ces effroyables cris
Qu'aux cieux nos [33] Septemvirs lancent [34] contre Paris.

Entendez-vous l'énorme [34] enclume
Résonner sous de lourds marteaux ;...
D'un foudre infernal qu'il allume,
Le Tyran forge les carreaux.
Nouvel Etna , tout son empire
N'est plus qu'un immense Arsenal ,
D'où va bientôt le Dieu [35] du mal
Fondre sur tout ce qui respire.
L'épouvante et la mort sont à *l'ordre du jour* ;
L'Ange exterminateur va régner à son tour.

Écoutez ces cris lamentables
De tant de braves Citoyens ,
Avec leurs chefs incomparables ,
Sabrés , traités comme des [36] chiens ;
Et l'on pretendrait que la France ,
Contemplant ces forfaits divers ,
Transigeât avec les [37] Enfers ,...
Quand [38] l'Olympe a crié : Vengeance !
O France , redis-nous tes sublimes douleurs ,...
Les Dieux du haut Olympe en seront les vengeurs.

Trop digne du [39] saut de Leucade ,
Monstre [40] vomi du fond des mers ,
Traître , à ta marche [41] rétrograde ,
Je reconnais l'esprit pervers ;
Mais du foudre crains les [42] prémices ,
Ou cesse , horreur des nations ,
D'insulter à nos bataillons ,
Par tes misérables [44] complices.
Astre de notre honneur , des Francs sois le salut.
Et que tes feux vengeurs brûlent [45] un vil rebut.

Et vous , Heros patriotiques ,
De la Liberté vrais amans ,
Parmi vos jeux [46] scientifiques
Et leurs plus doux enchantemens ,
Écoutez d'un superbe [47] Ephore
Rugir l'insolente clameur...
Vils serfs ,... vous dit-il en fureur ,
Tremblez !... ou mon feu vous dévore.
Quoi ! de jeunes Français , pleins d'âme et de valeur ,
Pourraient laisser ainsi fouler aux pieds l'Honneur !

Non, dit l'Honneur, prenons les armes
De la France, nous ses enfans ;
Courons sur le 48 Louvre en alarmes,
Châtier de nouveaux 49 Titans.
Que tout s'émeuve, tout s'embrâse ;....
Et que, par un puissant effort,
La Liberté, dans son essor,
Louvre, de cent foudres t'écrase.
O France, redis-nous tes sublimes douleurs,
Les Dieux du haut Olympe en sont les protecteurs.

Ç'en est fait, il va se dissoudre
Ce 50 Titan, rival 51 d'Apollon ;
Brisé par les carreaux du foudre,
52 Até réclame ce 53 Typhon.
Des Enfers la Terre affranchie
Va reproduire des Héros
Qui, par cent prodiges nouveaux,
Des Cieux 54 lui rendront l'harmonie ;
Et, purgé de Tyrans, un nouvel Univers
Aux Dieux du monde entier redira mes concerts.

NOTES.

1. *Purger et les mers et la terre*, *etc.* La marine et l'armée de terre

2. *O France, redis nous tes sublimes douleurs, etc.* Pour recouvrer
sa liberté, la France a perdu nombre d'enfans héroïques. Elle
en témoigne dans leurs pompes funèbres une douleur nationale et digne d'un grand peuple, en transportant au Panthéon
les restes mortels de ces héros, dont mille voix célèbrent les
louanges et la gloire par des hymnes pleins d'enthousiasme et
tout étincelans des feux de la reconnaissance publique.

3. *Les Dieux du haut Olympe, etc.* En style figuré, l'Olympe représente ici le grand monde, la haute société. Par la même
raison, les Dieux sont les sages, les hommes d'une forte tête,
d'un courage éminent, d'une haute raison, en un mot, des gé-
nies du premier ordre.

4. *L'oiseau du peuple souverain.* C'est le coq aux serres d'aigle,
car il doit porter et lancer la foudre.

5. *Et comme en planant il dévore* } L'oiseau du drapeau français,
Le vaste azur d'un ciel lointain. } au cimier de l'étendard de nos
armées, au sommet des mâts de nos vaisseaux et jusques sur
les nacelles des ballons de nos aéronautes, franchira avec la
rapidité de la foudre les vastes plaines du ciel et de l'horizon.

6. *Le ciel l'ordonne. Suis l'exemple* } Apollon dit a la France
Du généreux Missolonghi. } d'opposer a la tyrannie la
même résistance que Missolonghi a opposée au despotisme des
Turcs; ce que Paris a fait.

7. *Paris, ton vrai Palladium, etc.* Par le mot Paris, l'on entend
ici le système politique de cette illustre et glorieuse capitale,
qui est comme le rempart de la liberté et l'unique centre de la
civilisation moderne. Le Palladium ou système des anciens Grecs
avait pour but la destruction et le pillage d'Ilium ou de Troye
Or l'insurrection de Paris n'ayant pour objet que la conservation
de l'honneur, de la liberté et de la civilisation européenne, est
certainement plus noble que n'a été l'insurrection de toute la
Grèce ancienne contre la ville de Troye, laquelle insurrection
ne se proposait d'autre fin que la vengeance et le butin.

8. *O Louvre, écoute en sept oracles, etc.* Par Louvre et Tuileries,

l'on entend, non l'edifice matériel, mais bien l'esprit de tyrannie qui y régnait ; et c'est de là qu'on disait le cabinet des Tuileries, pour dire le systeme du gouvernement qui siege aux Tuileries. Les sept oracles sont les sept jours de la grande semaine, attendu que chacun de ces jours a fourni son événement.

9. *Par d'étranges renversemens.* Les renversemens de puissances ont été assez étranges depuis Alger jusqu'à Paris, depuis le midi jusqu'au nord. Ceci n'a pas besoin, je crois, de plus longue explication.

10. Apollon est le système de la sagesse, du bon sens et de l'harmonie universelle, que l'on a d'abord personnifié, puis deifié, pour rendre le langage plus solennel, plus dramatique et plus brillant. La haute sagesse est toujours pleine de prévisions. Voila pourquoi l'on a dit qu'Apollon était devin (augur, vates), qu'il prophétisait et rendait des oracles.

11. *La Cour en sera submergée* } La puissance et la splendeur de
Encore une seconde fois. } la dernière Dynastie ont eté submergées deux fois, dans la première et dans la seconde révolution

12. *Va tomber de son apogée, etc.;* de touté sa hauteur.

13. *Arche de l'équité . etc.* La Charte perfectionnée.

14 Le chaos est le désordre complet.

15 Les flots du désordre jettent les hommes dans un abyme

16. *De sublimes vengeances.* Tout n'est qu'action et réaction dans la nature, et quand l'une ou l'autre n'a lieu que pour le maintien de la perfection humaine, elle devient sublime et digne d'admiration.

17 *Une comète, etc.,* est un corps enflamme. Elle est ici la figure ou la représentation de la population de Paris enflammee de colère et d'indignation de ce que le Trône avait osé forfaire a l'honneur en se parjurant. Une comete astrale a paru cette année.

18 *Entre deux balances.* Ces deux balances sont les deux Chambres, l'une qui est la Chambre des Pairs, au Luxembourg; et l'autre qui est la Chambre des Députés, au Palais Bourbon Au milieu se trouvent les Tuileries et le Louvre, ou était la balance du pouvoir executif; et parce que celui ci avait deux poids et deux mesures, c'est a dire de faux poids et de fausses mesures, sa balance frauduleuse a éte brisee, en s'attirant l'indignation generale.

19 *Son char de feux étincelant* Le char de la comète est le grand mouvement de la révolution.

20. *Tout en électrisant les ondes;* le prodigieux mouvement de toute la population de Paris en insurrection était un phénomène social si extraordinaire, qu'il électrisait comme par enchantement les flots de peuple qui s'elançaient en courroux et contre le Louvre et contre les Tuileries.

21. *Un sacrilège mont;* c'est le Trône parjure qui était aux Tuileries. Comme celles ci tiennent au Louvre, en poesie le Louvre ou les Tuileries peuvent représenter indifféremment le siège ou même le système du pouvoir royal.

22. *Ses flammes,* etc. Les flammes de la comète révolutionnaire sont les ardeurs de l'insurrection et les feux de la guerre. ~

23. *Tous les Sysiphes des deux mondes.* Sysiphe fut un scélérat de son temps qui voulait opprimer les peuples. On pretend qu'ayant été précipité dans les Enfers, il y fut condamné à rouler une grosse roche du pied d'une montagne jusqu'au sommet; que cette roche y étant arrivee, elle retombait tout à coup au bas de la montagne, d'ou Sysiphe etait obligé de recommencer incessamment son premier travail. Sysiphe est la figure d'un ambitieux despote qui s'efforce continuellement d'élever le fardeau de la tyrannie sur les épaules et la tête d'un peuple qui est représenté par une montagne, a cause de sa masse énorme. Lorsque ce peuple sent le fardeau de la tyrannie sur ses épaules, il finit par les secouer vigoureusement et par renverser la tyrannie et le tyran a ses pieds, d'ou il faut que l'ambitieuse et folle tyrannie recommence mille et mille fois inutilement son malheureux et funeste ouvrage.

24. *Astre de notre honneur.* Le drapeau tricolore.

25. *Et que tes feux vengeurs brûlent un vil rebut,* etc. Que les feux de la guerre détruisent tous les scélérats des deux mondes.

26. *Tandis qu'usant d'armes perfides;* les sophismes, les tromperies, les déceptions, les paralogismes et les escobarderies du gouvernement, pour justifier le parjure.

27. *Un fol essaim d'affreux Tritons.* Les partisans de la tyrannie et de la camarilla.

28. La tyrannie est ici comparée a une Hydre noire, parce qu'elle est

semblable a un serpent infernal à cent têtes, et qu'elle est rem-
plie de noirceurs, d'hypocrisie, de trahisons, de perfidies, en
un mot, de perversité.

29. *Et qu'étrangers à nos mystères, etc.* Apollon est le génie tuté-
laire des Français, qu'on suppose parler lui-même dans cette ode.
De plus, nous avons déja dit plus haut qu'Apollon était le dieu
ou plutôt le grand et beau système de la sagesse humaine inspi-
rée par le Ciel. Cela posé, être étranger aux mystères d'Apollon,
c'est en même temps, être étranger aux mystères de la sagesse
et du bon sens; et par conséquent c'est penser, parler et agir
comme un fou, un insensé.

30. *Tant de prétendus beaux-esprits.* De soi-disant beaux esprits de
la cour faisaient accroire a Charles X qu'il remporterait bientôt
sur le peuple français une plus douce victoire que celle qu'on
avait obtenue sur le peuple d'Alger !!!.....

31. *Sur des lyres de Sybaris.* La cour, ainsi que la ville de Sybaris,
était un pays rempli de mollesse, de nonchalance et de flagor-
nerie. Les lyres de Sybaris sont la figure des discours flatteurs
dont les satrapes, les Sardanapales, les courtisans et les fauteurs
de la tyrannie remplissaient l'oreille de Charles X et de sa
famille.

32. *Gloires adultères.* La gloire ne doit se marier qu'avec le véritable honneur. Tout autre hymen est illégitime. Si un homme
fait une belle action, il en marie pour ainsi dire la gloire avec
le sentiment public de l'estime universelle, qui est le véritable
honneur; et si ce même homme vient a commettre un crime,
une chose honteuse, il souille sa gloire, et l'associant a un for-
fait, il lui fait commettre en quelque sorte un véritable adultere.

33. *Nos Septemvirs,* les ministres du dernier gouvernement.

34. *Entendez-vous l'énorme enclume, etc.* L'on disait, dans les premiers jours de la grande semaine, que la guerre civile allait
s'allumer dans toute la France et qu'on foudroyerait Paris en cas
d'une plus longue résistance de sa part.

35. Le Dieu du mal, le Genie du mal, la guerre civile et tous ses dé-
sastres.

36. *Sabrés, traités comme des chiens.* La cour et les courtisans trai-
taient les Parisiens de canaille, qui signifie race de chiens,
terme méprisant qui vient du mot latin *canis,* lequel veut dire

chien, comme tout le monde le sait. Or, en foulant aux pieds des chevaux les Parisiens, les massacrant et les mitraillant, tout en les appelant canaille, c'était bien assurément les traiter comme des chiens dont on n'est pas content.

37. Les Enfers, la tyrannie, le despotisme infernal.

38. L'Olympe est un mot qui vient du grec et signifie toute lumière, séjour resplendissant de clartés pures. Il est la pour le Ciel, et le Ciel est ici la figure d'un beau système de perfection et d'harmonie sociales.

39. Trop digne du saut de Leucade. Tous les fanatiques d'un méchant amour quelconque, et il en est de tout genre. Ceux de l'amour charnel, désespérés de ne pouvoir obtenir ou posséder plus long-temps l'objet de leurs vœux, allaient dans l'île de Leucade se précipiter du haut d'un rocher de deux cents pieds de hauteur au milieu des flots de la mer. Le monstre du despotisme de notre dernier gouvernement, également désespéré de ne pouvoir plus se livrer a la tyrannie qui etait la plus chere affection de son cœur, n'aura plus d'autre ressource que d'aller se précipiter aussi d'un rocher dans la mer, lequel rocher sera pour lui une autre Leucade.

40. Monstre vomi du fond des mers. Tout le monde sait que le chef du dernier gouvernement était revenu de l'Angleterre, les Iles Britanniques, où il était ambassadeur.

41. Monstre à ta marche rétrograde. Le despotisme personnifié voulait faire rétrograder la civilisation européenne ; il est donc coupable de lèse-civilisation universelle.

42. Mais du foudre crains les prémices. Les grandes journées du 27, du 28 et du 29 juillet, qui ont été les prémices de la révolution.

43. Par tes misérables complices. Tous ceux qui ont servi avec de mauvaises intentions la tyrannie du dernier gouvernement.

44. A nos bataillons de garde nationale, et aux bataillons de nos armées, en offrant à ces derniers de l'argent pour assassiner leurs concitoyens, dont ils sont les amis nés ou les parens.

45 Un vil rebut. Tous les pervers

46 Vos jeux scientifiques Les exercices et les travaux scientifiques des élèves de nos trois ecoles publiques, l'Ecole de Médecine, l'Ecole de Droit et l'Ecole Polytechnique, ainsi que de tous les hommes éclairés qui ont pris part d'une manière ou

d'autre à cette grande lutte en faveur d'une sage liberté.

47. *D'un superbe Ephore.* Le président du conseil de Charles X.

48. *Sur le Louvre en alarmes.* Sur le despotisme en alarmes.

49. *Nouveau Titan.* Le système de la tyrannie du dernier gouvernement, qui s'est montré parricide en assassinant la patrie.

50. *Idem.* On avait en vue la guerre des Titans contre les Dieux, ou des fous contre les sages.

51. *Rival d'Apollon.* Apollon représente, comme je l'ai dit, le système de la sagesse et d'une parfaite civilisation.

52. *Até.* Le néant, le frère de la Mort.

53. *Ce Typhon.* C'était un serpent d'une grosseur et d'une longueur démesurée qui fut percé des flèches d'Apollon. Ceci est un apologue qui nous apprend que le système des ténèbres fut et sera toujours vaincu par celui de la lumière. Les portes de l'Enfer ne prévaudront pas contre celles du Ciel.

54. L'harmonie astrale des Cieux doit servir de modèle à l'harmonie sociale, et quand cette dernière aura complètement lieu, ce que nous devons espérer sous PHILIPPE PREMIER, nous serons tous parfaitement heureux. Puisse cette époque fortunée arriver le plus tôt possible !....

55. *Aux Dieux du monde entier, etc.* Par ces Dieux du monde entier, l'on entend les Sages de l'antiquité, des temps modernes et de la postérité. Il est dit aux hommes, même dans les Ecritures Saintes : *Vos estis Diis,* vous êtes Dieux; bien entendu qu'il y en a de bons et de mauvais, de sages et de fous; mais ce sont les premiers que veulent tous les gens de bien.

PHILARMOS.

De l'Imprimerie de CHASSAIGNON, rue Gît-le Cœur, n° 7

APRÈS

LES

TROIS JOURS DE LA GRANDE SEMAINE.

PERSPECTIVE DE LA NOUVELLE FRANCE.

AIR : *Où vont tous ces peuples épars?*

QUEL Gouvernement juste et beau
Desormais va régner en France,
Nous éclairer de son flambeau !...
Dans notre système nouveau,
Nous retrouverons l'abondance [1] ;...
Du palais jusques au hameau,
  Notre belle patrie (*bis*)
Va goûter du bonheur la touchante harmonie.

Pour jeter Paris dans les fers,
Mégère, Alecton, Tysiphone,
Avec des flots d'esprits pervers,
Furieux, sortaient des Enfers ;
Mais son intrépide [2] Bellone·
L'a sauvé de ce grand revers.
  Notre belle patrie (*bis*)
Va goûter du bonheur la céleste harmonie.

Un Trône parjure tonnait
Aux jours de la Grande Semaine ;
Et la France entière tremblait ;
Mais la Liberté proclamait

       ***

D'une voix terrible et hautaine
Que l'immortel Paris vaincrait.
      Magnanime patrie ! (*bis*)
Goûte enfin du bonheur la divine harmonie.

Les Dieux [3] de l'Olympe indigné,
Gérard, Guizot et Lafayette,
Nos perils n'ont point dédaigne,
Et par eux le Ciel a daigne
Transformer notre deuil en fête ;
Mais Paris de sang fut baigné.
      O vaillante Patrie ! (*bis*)
Goûte enfin du bonheur la céleste harmonie.

Tout applaudit à nos exploit ;
Jusqu'à la superbe Angleterre,
Enthousiaste de nos droits.
De l'Europe les sages [5] Rois ,
Abjurant un Roi sanguinaire ,
Des Français approuvent les Lois.
      O ma belle patrie ! (*bis*)
Goûte enfin du bonheur la divine harmonie.

Notre Roi, PHILIPPE PREMIER ,
Sublime , a reçu la couronne,
Du peuple français tout entier.
Ce Roi couronné [7] de lauriers ,
A l'Europe qui l'environne ,
De la paix offre l'olivier.
      Magnanime patrie ! (*bis*)
Goûte enfin du bonheur la celeste harmonie.

Recevez ce gage sacré ,
Sages Monarques des deux mondes !
A [9] Minerve il est consacré ;
Des peuples il est adoré
Et sur la terre et sur les ondes ;
Du [10] Ciel il est révéré.
     Oui , ma belle patrie (*bis*)
Goûtera du bonheur la touchante harmonie.

Mais pour ces généreux [11] mortels ,
Grands Citoyens, nobles victimes,.....
Tous sont devenus immortels ;
Par des hommages solennels
Celebrons ces Cœurs magnanimes ,
Héros dignes de nos autels !
     O sublime patrie ! (*bis*)
Goûte enfin du bonheur la divine harmonie.

Soleil de notre Liberté ,
Deviens, o Drapeau tricolore ,
Un gage de félicité ;
Que par les Dieux [12] mêmes vanté ,
Le Roi des Français qui t'honore ,
Soit du monde entier respecté.
     Et ma chère patrie (*bis*)
Goûtera du bonheur la céleste harmonie.

———————

NOTES.

1. *Mégère, etc.* La camarilla (c'est a-dire la féodale aristocratie) , la cour, la jésuiterie.....

2. *Mais son intrépide Bellonne.* La garde nationale parisienne.

3. *Les Dieux de l'Olympe indigné.* Les sages de la haute societe.

4. *Jusqu'à la superbe Angleterre.* Elle a envoyé a Paris 3 millions pour les héros de la Liberté.

5. *De l'Europe les sages Rois.* Plusieurs Rois ont désapprouve hautement la conduite du dernier gouvernement

6. *Sublime, a reçu la couronne.* PHILIPPE Ier s'est conduit en grand et magnanime citoyen.

7. *Couronné de lauriers.* Couronné du laurier parisien, de celui de Jemmapes et de Fleurus, ou il a combattu en personne pour la Liberté.

8. *Ce gage sacré.* L'olivier de la Paix doit être sacré pour toutes les Nations.

9. *A Minerve.* La Déesse de la Sagesse.

10. *Du Ciel même il est révéré.* Plusieurs églises ont déja prêché l'obeissance au nouveau gouvernement et prié pour les héros qui ont succombé dans les trois fameuses journées.

11. *Mais pour ces généreux mortels.* Tous les héros du 27 , du 28 et du 29 juillet.

12. *Que par les Dieux mêmes vanté.* Par les sages politiques.

PHILARMOS.

De l'imprimerie de CHASSAIGNON , rue Gît-le Cœur , n° 7.

RENVOYONS LA CAMARILLA

A L'ILE DES ROIS FOUS.

AIR : *Ah ! ça ira, ça ira.*

Ah ! ça viendra, ça viendra, ça viendra ;
Elle est atteinte de folie ;
Ah ! ça viendra, ça viendra, ça viendra,
A Charenton, [1] la Camarilla.
De tout temps ce fut sa manie
De troubler l'ordre et *cétéra.*
Ah ! ça viendra, ça viendra, ça viendra,
Elle est atteinte de folie ;
Ah ! ça viendra, ça viendra, ça viendra,
A Charenton, la Camarilla.
Elle chérit la tyrannie ;
Mais bientôt on l'embarquera.
Sur la nef de la [2] felonie,
Oui, bientôt elle voguera.
Ah ! ça viendra, ça viendra, ça viendra,
Elle est atteinte de folie,
Ah ! ça viendra, ça viendra, ça viendra,
A Charenton, la Camarilla

Dans la sociale [3] harmonie
Elle ne veut que brouhaha !
Ah ! ça viendra, ça viendra, ça viendra,
Elle est atteinte de folie ;
Ah ! ça viendra, ça viendra, ça viendra,
A Charenton la, Camarilla.

Cette damoiselle jolie,
Regardez-la bien, fixez-la ;
Elle aura l'air d'une furie,
Toutes les fois qu'elle 4 rira.
Ah ! ça viendra, ça viendra, ça viendra,
Elle est atteinte de folie ;
Ah ! ça viendra, ça viendra, ça viendra,
A Charenton, la Camarilla.

Du bon sens elle est ennemie,
Et toujours mal raisonnera ;
Ah ! ça viendra, ça viendra, ça viendra,
Elle est atteinte de folie ;
Ah ! ça viendra, ça viendra, ça viendra,
A Charenton, la Camarilla.
Pour lui guérir sa maladie,
A l'hospice on la 5 douchera :
Si c'est noire mélancolie,
D'ellébore on la purgera.
Ah ! ça viendra, ça viendra, ça viendra.
Elle est atteinte de folie ;
Ah ! ça viendra, ça viendra, ça viendra,
A Charenton, la Camarilla.

Mais, nous amis de la patrie,
De tous les maux dégageons-la.
Ah ! ça viendra, ça viendra, ça viendra,
Pour ne plus la voir asservie ;
Ah ! ça viendra, ça viendra, ça viendra,
Surtout au grain 7, l'on veillera.
A notre brillante énergie,

Tout l'Univers applaudira ;
Notre gloire en sera chérie ;
Et l'Europe entière dira :
Ah ! ça viendra, ça viendra, ça viendra ;
Bannissons la [8] mélancolie ;
Ah ! ça viendra, ça viendra, ça viendra,
Et très-bien tout en France ira.

Les courtisans jésuitiques
Nous jurent foi de [9] Loyola ;
Ah ! ça viendra, ça viendra, ça viendra,
On ne veut plus de leurs rubriques.
Ah ! ça viendra, ça viendra, ça viendra,
A Charenton, la Camarilla.
Ces dramaturges [10] politiques
Ont fait un méchant opéra ;
Avec leurs airs tragi-comiques ;
Leur folle [11] troupe on sifflera
Ah ! ça viendra, ça viendra, ça viendra ;
Elle est atteinte de folie ;
Ah ! ça viendra, ça viendra, ça viendra,
A Charenton la Camarilla.

NOTES.

1. *La camarilla.* Coterie de tous les conspirateurs contre la Liberté.
2. *Sur la nef de la félonie*, de la démence furieuse des démoniaques.
3. *Elle déteste l'harmonie* sociale.
4. *Toutes les fois qu'elle rira.* Parce qu'elle a un rire sardonique, méchant.
5. *On la douchera.* On lui administrera le baptême des fous.
6. *D'ellébore.* Herbe propre a guerir la folie
7. *Surtout au grain l'on veillera.* Veiller au grain, c'est ici prendre des mesures contre les conspirateurs.
8. *Bannissons la mélancolie,* } Evitons les disputes, les *La mauvaise humeur et la guerre.* } dissensions et la guerre
9. *Nous jurent foi de Loyola.* Loyola fut un fanatique energumène et ses disciples sont pour la plupart des fourbes, des hypocrites et des perturbateurs du repos des nations
10. *Ces dramaturges*, comédiens tartufes politiques.
11. *Leur folle troupe on sifflera.* On siffle les mauvais acteurs quand ils jouent mal la comédie, la tragédie, l'opéra ou une pièce quelconque Or, les tartufes politiques de la camarilla nous ont joué bien maladroitement une très-mauvaise pièce, un méchant opéra, en faisant mitrailler les vaillans Parisiens, qui, après avoir repoussé vigoureusement les mauvais acteurs politiques, ont fini par les siffler; ce qui leur arrivera chez toutes les nations de l'univers.

PHILARMOS

De l'imprimerie de CHASSAIGNON, rue Git le Cœur, n° 7.

www.ingramcontent.com/pod-product-compliance
Lightning Source LLC
Chambersburg PA
CBHW061624180626
46818CB00005B/2220